Amèlia Mora Sanromà

Y Rapunzel se cortó la melena

Ilustraciones: Sara Ruano

edebé

Paseo de San Juan Bosco, 62
08017 Barcelona
www.edebe.com

Atención al cliente: 902 44 44 41
contacta@edebe.net

Directora de la colección: Reina Duarte
Editora de Literatura Infantil: Elena Valencia
Diseño gráfico de las cubiertas: César Farrés
Ilustraciones: Sara Ruano

6.ª edición

ISBN 978-84-236-7839-6
Depósito Legal: B. 32137-2011
Impreso en España
Printed in Spain
EGS - Rosario, 2 - Barcelona

Para mis abuelos: Pepe, Josefina,
Amat y Núria

Índice

1
Rapunzel, la joven encerrada por una malvada hechicera en lo alto de una torre sin puerta y una sola ventana abierta

Una nueva mañana llegó al bosque de los cuentos de hadas.

A las diez en punto exactamente, los pájaros confirmaron la hora en sus relojes y huyeron volando del vecindario. Incluso los que no sabían volar se daban mamporros con el resto para ser los primeros en salir de allí.

Los pájaros fueron los más madrugadores, pero tan sólo un minuto después los siguieron las abejas. Ellas incluso se llevaban la colmena a cuestas, por si acaso.

A las diez y tres minutos y treinta y dos segundos, se les unieron las moscas y los mosquitos.

A las diez y tres minutos y cuarenta y un segundos, fueron seguidos por las luciérnagas, las cucarachas, las libélulas y las mariquitas.

A las diez y cuatro minutos y siete segundos, el suelo del bosque tembló, y después de los pájaros, las abejas, las moscas, los mosquitos, las luciérnagas, las cucarachas, las libélulas y las mariquitas, salieron al trote las ardillas, los conejos, las liebres, los ratones, los zorros, los ciervos, los jabalíes, dos caballos despistados y los caracoles, a los que nunca veréis correr tanto.

¿Y a qué venían tantas prisas?, os preguntaréis. El motivo era que cada día del año, de lunes a domingo, a las diez y cinco minutos exactamente, la joven y delicada Rapunzel se asomaba a su ventana:

—¡Oh! ¿Cuándo vendrá mi príncipe a rescatarme de esta soledad tan desgraciada? ¿Cuándo lo veré aparecer, dispuesto a liberarme de esta insoportable cárcel? ¡Ay de mí! ¡Llevo años encerrada en esta torre! ¡Cada día a las doce en punto recibo la visita de esa malvada hechicera, y como no quiere construir una puerta, tiene que utilizar mi cabellera como escalera!

En este punto, Rapunzel empezaba a fruncir el ceño.

—Y la verdad, ¡duele un montón porque esa mujer pesa más que un elefante! ¡Y el resto del día estoy sooola y me aburro tanto! ¡Tanto...!

Ahora, Rapunzel hacía una pausa y, poco a poco, empezaba a enrojecer de rabia.

—Así que ¡¿va a venir mi príncipe a rescatarme de una vez por todas?! ¡¡Estoy cansada de esperar!!

Aquí Rapunzel ya estaba más roja que un pimiento. Los árboles y las plantas movían rápidamente las hojas para taparse los oídos.

—¡ESTOY HARTAAAAAA! ¡MUY HARTAAAAAAAAAAAAAAA! ¡¡¡¡¡¡PRÍNCIPEEEEEEEEEEEEE, VEN

YAAAAAAAAAAAAAAAAAAAAA!!!!!!!

¡¡¡AHORA MISMOOOOOOOOOOOO!!!

Pero el príncipe nunca aparecía.

—Por favor…

Quién iba a decirle a Rapunzel que dentro de muy poco abandonaría la torre... ¡Y no sería gracias al príncipe que ella esperaba!

2
Un chichón puede cambiarte la vida

Cada mediodía, la hechicera escalaba por el cabello de Rapunzel.

—¡Ay, ay, ay! ¡Hechicera, ten cuidado! ¡Un día de éstos me vas a dejar calva!

—No hay para tanto, mujer.

La hechicera tenía como mínimo doscientos dieciséis años y estaba arrugada como una pasa. Sin embargo, era redonda como un tonel, fuerte como un rinoceronte y ágil como una ardilla. Rapunzel, que tenía la fuerza de una pulga, nunca se atrevía a rechistarle demasiado.

—Canta para mí, Rapunzel —ordenaba la hechicera mientras se sentaba en un balancín y se ponía a hacer calceta.

Rapunzel cantaba. Excepto cuando se desgañitaba por las mañanas, tenía la voz más hermosa que nadie ha escuchado jamás. Los animales regresaban velozmente y se acurrucaban alrededor de la torre para no perdérselo. Los árboles se mecían al ritmo de la música. El arco iris brillaba en el cielo.

La hechicera, cada vez que escuchaba la voz aterciopelada de Rapunzel, se sentía rejuvenecer. Por eso la tenía allí encerrada, porque le daba miedo morirse y quería volver a ser joven. Desde que la había capturado, ¡había rejuvenecido veinticinco años!

—Por favor, hechicera, ¡déjame salir de aquí! —le suplicaba Rapunzel cada día.

—¿Qué harás ahí fuera, completamente sola? Niña, tú sólo sirves para cantar —le respondía siempre.

«Vaya, pues tiene razón. Yo necesito a un príncipe que me rescate y me lleve a su castillo», pensaba Rapunzel.

Los días que Rapunzel estaba más triste, la hechicera le regalaba cuentos. Le contaba historias de princesas y damiselas en apuros que eran rescatadas por caballerosos príncipes. Rapunzel consideraba que estaba la primera en la lista de las damiselas en apuros, así que esperaba la llegada de su príncipe salvador. Y como en los cuentos las muchachas eran delicadas e indefensas como flores, pacientes como árboles, y bondadosas y generosas como los Reyes Magos, ella procuraba comportarse de la misma manera. Aunque a veces le costaba esconder que, en realidad, era bastante impaciente y tenía un poco de mal genio.

Una fresca mañana, Rapunzel se levantó con el pie izquierdo. Normalmente lo hacía con el derecho para no pisarse la cabellera, pero ese día se equivocó, el pie izquierdo se le enredó en el cabello y se cayó de cabeza al suelo.

—¡Menudo chichón me está saliendo, parece un melocotón! —se quejó Rapunzel—. ¡Oh, cualquier día de éstos me cortaré esta detestable pelambrera!

Un segundo y siete milésimas después, Rapunzel tuvo una idea: si se cortaba la melena..., ¡podría entrar y salir de la torre igual que la hechicera!

—¡Caramba, creía que a las damiselas en apuros no se nos ocurrían estas cosas! —exclamó Rapunzel.

Todavía sorprendida, Rapunzel cogió unas tijeras, se cortó la cabellera, ató una punta a la pata de la cama y dejó caer el resto por la ventana. Y más contenta que unas Pascuas, bajó de la torre.

3
Un chichón puede cambiarte la vida, o no

—¡Oh, qué delicia! —exclamó Rapunzel al pisar el suelo.

Iba descalza y sentía la hierba fresca bajo los pies.

Fuera de sí de alegría, correteó por el bosque durante un buen rato. Cantó a los árboles, al sol y a las nubes. Bailó con los pájaros y se divirtió persiguiendo a un conejo asustado. Se mojó los pies en el río helado y besó a una rana.

—¿Eres tú mi príncipe?

—¡Croac!

—Pues va a ser que no.

En otro momento habría tenido un gran disgusto, pero ese día ¡era tan diferente de los demás! ¡Hacía años que no se divertía tanto!

Todos los miembros de una numerosa familia de gorriones, que vivían justo delante de la torre, la observaban sonrientes. Sin embargo, a las doce menos siete minutos y veinticuatro segundos, no dieron crédito a sus ojos. ¡Rapunzel volvía a subir a la torre!

—Pobre chica, tantos años de encierro la han convertido en una cabeza de chorlito —comentó mamá gorrión.

—¿Crees que la hechicera le habrá robado el cerebro? —añadió papá gorrión.

Rapunzel llegó sumamente feliz a lo alto de la torre.

—¡Esto es fantástico! Ahora podré esperar a mi príncipe allí abajo, me aburriré menos y, como puedo adentrarme en el bosque, ¡lo veré llegar antes! —exclamó ilusionada, aunque en seguida se preocupó—: La hechicera debe de estar a punto de llegar y no creo que le guste ver que me he cortado el pelo... Bueno, me ataré la melena con un nudo, pero... ¿cómo lo puedo disimular?

Varios minutos después la hechicera entró por la ventana. Descubrió a Rapunzel con la cabeza envuelta con una sábana, como si llevara un turbante gigante.

—¿Dónde vas así? —preguntó sorprendida.

—Oh, estoy buscando maneras de resaltar el blanco de mis ojos —explicó Rapunzel.

La hechicera se preguntó si tantos años de encierro no estarían haciendo perder la chaveta a la joven. Pero a ella no le importaba: mientras Rapunzel pudiera cantar, todo iba bien.

Por la tarde, Rapunzel bajó de nuevo. Alegre, correteó, bailó y cantó por los alrededores de la torre, sin dejar de mirar de reojo, deseosa de ver llegar a su príncipe. Como siempre, no apareció, y al anochecer Rapunzel regresó a su cárcel.

Los dos días siguientes Rapunzel hizo exactamente lo mismo. El tercero, sin embargo, tuvo un ataque de impaciencia: bajó al amanecer, se sentó en el suelo con los brazos cruzados y el ceño fruncido, y fijó la mirada en el bosque. Durante dos horas se quedó quieta como una estatua. Pasado este tiempo se levantó con cara de estar muy, pero que muy enfadada.

—¡Jo, esto es un ROLLO! —gritó y empezó a trepar hacia lo alto de la torre.

Desde su nido, todos los gorriones de la familia la observaban desanimados.

—Mamá, ¿no podemos ayudarla de alguna manera? —preguntó la hija mayor.

—Sí, creo que Rapunzel necesita un pequeño empujoncito. ¡Chicos, venid conmigo! —gritó mamá gorrión.

4
Si te haces otro chichón, te dolerá un montón

—¡Esto es un rollo! ¡Esto es una lata! ¡Menudo aburrimiento! ¡No hay derecho! —se quejaba Rapunzel mientras escalaba por su melena.

Entonces vio a un montón de gorriones que se posaban encima del cabello y empezaban a picotearlo.

—¡Eo, hola! ¿Qué hacéis?

Los gorriones la ignoraron por completo y siguieron picoteando. ¡Pic! ¡Pic! ¡Pic!

Rapunzel los habría echado a gritos, pero como las damiselas eran amables y comprensivas con todo el mundo, se contuvo.

—Oh, veréis, no sé si os habréis fijado que si hacéis eso…

¡Pic, pic, pic, pic!

—¿Cómo voy a entrar en la torre si me rompéis la escalera?

¡Pic, pic, pic, pic, pic! Rapunzel consideró que ya había sido suficientemente amable.

—¡Os ordeno que os detengáis!

¡Picpicpicpicpicpicpic, PIC! La melena se rompió y Rapunzel se cayó de cabeza al suelo, entre unos cactus.

—¡Ay! ¡Huy! ¡Qué dolor!

Rapunzel se levantó con un chichón tan grande que parecía que tuviera dos cabezas, y con la cara tan llena de pinchos que parecía un erizo.

—¡Oh, qué gorriones tan malos, como los coja los desplumaré con mis propias manos!

Un segundo y cincuenta y siete milésimas después, se le encendió la bombilla: ¿y si empezaba a buscar a su príncipe ella misma?

—Esto es inaudito, ¡creo que es una buena idea!

Seguía siendo una damisela en apuros; porque, en cuanto la hechicera descubriera que se había marchado, la perseguiría. Además, ¿qué más daba si ella y su príncipe se encontraban en la torre o unos kilómetros más adelante? ¡La cuestión era que sus caminos se unieran de una vez por todas!

Sin embargo, había un problema importante: Rapunzel tenía tanta idea de buscar príncipes como de caminar por encima del agua. Es decir, no sabía ni por dónde empezar. Era evidente que necesitaba ayuda.

—Pero debo irme cuanto antes, ¡la hechicera puede aparecer en cualquier momento!

Angustiada, sólo se acordó de una persona que quizá podría aconsejarla. Se puso en camino inmediatamente. Tantas prisas llevaba que incluso olvidó quitarse los pinchos de cactus de la cara.

—¡De nada, Rapunzel! —gritó mamá gorrión, satisfecha de que la chica por fin empezara a espabilarse.

Pero lo único que Rapunzel escuchó fue:

—¡Pío, pío, pío, pío!

5
Siempre viene bien tener un poco de leña a mano

Rapunzel recordaba que, cerca de la torre, vivía la viejísima abuela de una amiga de la infancia. Con la de años que tenía, seguro que alguna vez le habían contado de dónde venían los príncipes.

Se apresuró a través del bosque. En otras circunstancias habría disfrutado del paseo (¡y quién no, después de tantos años encerrada!), pero eran casi las doce del mediodía y no quería ni pensar en qué le haría la hechicera si la encontraba. Si no se la comía al pilpil, como mínimo la encadenaría a una silla el resto de su vida.

—¡Ahí está la casita!

Corrió hacia la puerta. Sin embargo, como era bastante cotilla, al pasar por delante de la ventana espió un poco, y lo que vio no le gustó nada, no señor. La abuelita estaba enferma en cama y su amiga de la infancia conversaba con ella. Pero la pobre mujer estaba tan enferma, ¡que se había convertido en un lobo!

—¡Oh, pobrecita!

Rapunzel entró en la casa como una tromba.

—¡Caperucita, tu abuela está muy enferma! ¡Cuánto lo siento! —exclamó Rapunzel.

Caperucita la miró y chilló como una hiena.

—¡Abuela, estamos en apuros! ¡Un monstruo erizo!

—¿Un monstruo erizo? ¿Dónde? ¿Dónde? —preguntó Rapunzel alarmada.

—¡Tú eres el monstruo erizo!

Rapunzel no entendía nada. Fue a mirarse en el espejo y, cuando se vio, se asustó de sí misma.

—¡Qué espanto! —exclamó mientras se quitaba los pinchos.

—¡Pero si eres Rapunzel! ¡Qué alegría verte! —Caperucita corrió a abrazarla—. ¿Ya te ha rescatado tu príncipe salvador?

—Pues no, he decidido ir a buscarlo yo misma.

—¡No puedes hacer eso! —Caperucita parecía escandalizada.

—¿Por qué no?

—¡Lo pone en los cuentos: son ellos quienes nos salvan a nosotras!

—Pero yo sigo siendo una damisela en apuros: la hechicera me persigue, pobre de mí. ¿Y qué más da si mi príncipe me rescata en la torre, en medio del bosque o delante de su castillo?

Caperucita dudaba.

—Ya, pero... ¡en los cuentos no sucede así!

—Encerrada en la torre me estaba volviendo loca... —explicó Rapunzel con tristeza.

Caperucita no quería apenar a su amiga, así que cambió de tema.

—Me alegro de que seas tú y no un monstruo erizo. Que yo sepa, ¡ahora mismo no hay ningún hombre por los alrededores que pueda salvarnos! —rió, pero de repente se acordó de su abuela—: Abuelita, ¿recuerdas a Rapunzel?

—Claro que la recuerdo. Es un placer delicioso volver a verte, querida —dijo la abuelita con una voz tan grave que daba miedo.

—Caperucita, tu abuelita está muy enferma, ¡qué voz tan grave tiene! —se sorprendió Rapunzel.

—Es para que me oigáis mejor, niñas —explicó la abuela.

—¿Quieres un vasito de leche con miel? Te irá bien —propuso Rapunzel.

—No, gracias. ¿No queréis hacerme más preguntas?

—¿Prefieres limón con miel? También va bien para la garganta —intervino Caperucita.

—Quiero decir preguntas sobre mi aspecto físico, niñas... —la abuelita sonrió y se relamió.

—Si te hace ilusión... ¿Desde cuándo tienes las orejas tan grandes, abuelita? Se te deben de hacer unos tapones de cera enormes.

—Las tengo así para escucharos mejor.

Caperucita miró el interior de las orejas de la abuelita.

—¡Madre mía, abuelita! ¡Esto no son tapones, son montañas dentro de los oídos! Rapunzel, ¿puedes ir a buscar el desatascador, por favor? Está en el baño.

—No, si no hace falta, de verdad —dijo la abuelita.

Rapunzel ya había regresado con el desatascador y en un abrir y cerrar de ojos habían inmovilizado a la abuelita contra la cama y le estaban limpiando las orejas.

Cuando acabaron, la abuelita seguía sonriendo, pero a Rapunzel le pareció que la mujer estaba de mal humor.

—Qué amables sois. ¿Y no os preguntáis por qué tengo los dientes tan largos?

—A mí me llama más la atención que tus ojos parecen tres veces más grandes de lo normal —dijo Caperucita.

—Son para veros mejor… —explicó la abuelita.

—¿Y por qué tienes las uñas de las manos y los pies tan largas? ¿Acaso no te las cortas? —intervino Rapunzel.

Por unos instantes, parecía que la abuelita no sabía qué responder.

—Es que así me puedo rascar mejor cuando me pica —dijo finalmente.

—¿Y por qué tienes las manos tan peludas?

—Me protegen del frío. ¿Mis dientes no os llaman la atención?

—Y esta nariz tan larga, ¿de dónde ha salido?

—Es para oleros mejor. ¿Mis dientes...?

—¿Y desde cuándo tienes barba?

—Desde que tengo frío en la barbilla, niña —la abuelita ya no sonreía, de hecho parecía un poco harta.

—¿Y bigote?

—Nunca me lo he afeitado.

—¿Y para qué quieres unos pies tan largos?

—Para no perder el equilibrio.

—¿Y la cola?

—Para barrer el suelo mientras camino.

—¿Y por qué la lengua te cuelga todo el rato?

—Y yo qué sé. ¿Vais a preguntarme por mis dientes o no?

Caperucita y Rapunzel se miraron.

—Está bien —dijo Caperucita—. ¿Por qué tienes los dientes tan amarillos?

La abuelita cogió un berrinche tremendo y empezó a llorar. Abrió tanto la boca que Rapunzel no pudo evitar fijarse en la gran cantidad de dientes que tenía y en lo grandes que eran todos.

—Abuelita —dijo—, para ser tan vieja todavía te quedan muchos dientes. Puedes estar contenta, ¿eh? Y están todos muy afilados, así que no debes de tener problemas para comer jamón muy curado, ¿verdad?

—¡GRACIAS! —gritó la abuelita—. ¡Ya era hora de que alguien se fijara en ellos! Tengo estos dientes… ¡PARA COMEROS MEJOR!

La abuelita saltó de la cama y se quitó el pijama. Horrorizadas, Rapunzel y Caperucita descubrieron que se trataba del lobo feroz disfrazado de abuelita.

—¡Madre mía, Rapunzel, ahora sí que la hemos hecho buena! —dijo Caperucita.

El lobo dio un paso hacia ellas, con babas colgándole de la boca.

—Qué ricas estaréis, con algunos ajos tiernos y un buen sofrito, ¡ñam, ñam! —el lobo babeó todavía más.

—¿Ahora qué vamos a hacer? —preguntó Rapunzel, muy preocupada—. No tengo ganas de formar parte de ningún sofrito.

—No te preocupes, ya aparecerá algún hombre que nos salve —dijo Caperucita muy convencida.

—¿Acaso olvidas que antes has dicho que no hay nadie en los alrededores que pueda sacaros de un apuro? —rió el lobo mientras daba otro paso hacia ellas.

—Vaya, tienes razón.

—¡Estamos perdidas! ¡Y yo todavía no he encontrado a un príncipe que me salve de la hechicera! —se desesperó Rapunzel.

—En ese caso, tendremos que pedir ayuda —dijo Caperucita.

Y soltó un chillido que sonaba como cien violines desafinados. Era un sonido tan terrible que incluso el lobo se cayó de culo al suelo del susto.

—No deberías haberlo hecho… —dijo enfadado.

Se levantó y corrió hacia las chicas. Rapunzel no podía moverse del espanto, mientras que Caperucita estaba muy tranquila.

—Caperucita, ¿qué nos va a pasar?

—Tranquila, mujer, alguien nos salvará.

Rapunzel no lo tenía tan claro. El lobo sólo estaba a tres metros de zampárselas, y allí no aparecía nadie.

Dos metros y medio... Rapunzel vio algunos troncos de leña en el suelo.

Dos metros... Nadie apareció para salvarlas.

Un metro y medio... Rapunzel se hartó de esperar. Cogió un tronco, se abalanzó contra el lobo y le atizó tal golpe que, mientras caía redondo al suelo, le salieron chorritos de estrellas por las orejas.

6
Siempre viene bien tener un poco de leña a mano, ya no hay duda

—¡Rapunzel, no puedes hacer eso! —gritó Caperucita.

Rapunzel no sabía si su amiga estaba indignada o consternada.

—¡Nos iba a comer!

—Pero..., pero..., pero... ¡los cuentos! ¡Nosotras estamos indefensas, y ellos nos salvan!

De repente se abrió la puerta y un hombre enorme con una escopeta más alta que él entró en la casa.

—¡Qué desgracia la nuestra, quieren atacarnos otra vez! —exclamó Caperucita.

—¿Quién...? —empezó a decir el hombre.

Rapunzel levantó el tronco y ¡PUM!

—Yo sólo quería ayudar... —musitó el hombre mientras se desplomaba.

—¡Rapunzel, otra vez!

—¡Nos iba a disparar!

—¡Se supone que las chicas esperan a que las salven! —exclamó Caperucita.

—¡Nadie ha venido a hacerlo! —se defendió Rapunzel—. Además, necesito encontrar a mi príncipe para que me salve de la hechicera. Si me come el lobo feroz o me dispara un cazador, ¿cómo lo encontraré?

Caperucita se puso a llorar.

—¡No entiendo nada! ¡Creía que una damisela en apuros no podía defenderse a sí misma!

—Yo tampoco lo sabía, es la primera vez que lo hago —admitió Rapunzel y abrazó a su amiga para consolarla.

Entonces escucharon unos golpes.

—¡Nos atacan otra vez! —gritó Caperucita, que se armó con tres troncos de leña.

¡Pon, pon, pon!

—¡Vienen del armario!

Rapunzel lo abrió. Dentro estaba la pobre abuelita de Caperucita, amordazada y atada con tanta cuerda que parecía una momia.

—¡Abuelita, no sabes qué nos ha pasado! —explicó Caperucita mientras la desataban—. ¡El lobo feroz ha intentado comernos!

—Créeme, me he dado cuenta —respondió la abuelita—. ¡Qué alegría verte, Rapunzel!

—¡Rapunzel se ha escapado de la torre para buscar a su príncipe! ¡Ella misma! —intervino Caperucita.

La abuelita se sentó en un balancín con ojos soñadores.

—¡Qué empresa tan loable! Buena suerte, hija mía. Muchos años atrás, yo también fui a buscar a mi príncipe.

—¿Y lo encontró?

—Pues no. Éramos tantas buscando a nuestros príncipes que se acabaron enseguida.

—¡En ese caso sabrá dónde ir a buscarlos! —exclamó Rapunzel, aliviada.

—¡Huy, no, qué va! —respondió la abuelita. Se levantó, abrió un baúl y buscó algo dentro—. Sin embargo, decían que los príncipes venían del Norte, así que al Norte fuimos todas. ¡Aquí está!

Extrajo una brújula atada a una cinta, que colgó alrededor del cuello de Rapunzel.

—Esto te guiará.

—Muchas gracias, abuelita.

—Quiero agradecerte que me hayas salvado, Rapunzel —Caperucita se quitó la capa y se la entregó a Rapunzel—. Si en algún momento alguien te persigue, póntela y pide volverte invisible.

Rapunzel no podía retrasar más su marcha, así que abrazó a las dos mujeres y prosiguió su viaje. Esta vez, la brújula la guiaba hacia el Norte.

Al alejarse de la casa, le pareció escuchar un gruñido del lobo seguido de un fuerte ¡PUM!

No había caminado ni dos minutos y medio cuando escuchó una voz familiar detrás de ella:

—¡Te encontré!

¡Era la hechicera!

7
Ahora estoy, ahora no estoy

Rapunzel se quedó petrificada del espanto. La hechicera estaba plantada en medio del camino, con los brazos en jarras y con cara de muy malas pulgas.

—¿Adónde te crees que vas, Rapunzel? ¿Cómo te atreves a huir? ¿Quién te has creído que eres? ¿De verdad piensas que sobrevivirás, completamente sola? ¡¿Acaso no te he dejado siempre muy claro que tú sólo sirves para cantar?!

—Hechicera, ¿podrías hacerme las preguntas de una en una, por favor? Ya no recuerdo cuál era la primera.

—¡No me da la gana! ¡Te ordeno que regreses conmigo a la torre!

—No —dijo Rapunzel con un hilo de voz, porque la hechicera le daba mucho miedo.

—¿Qué has dicho?

—Que no.

—Niña, si no gritas un poco más no te oigo, que soy un poco mayor y algo dura de oído.

—¡Que no! —gritó Rapunzel, y echó a correr.

Temía a la hechicera, pero temía más regresar a la torre. Un día más encerrada allí y acabaría loca.

—¡Vuelve aquí!

Rapunzel corría todo lo que le permitían sus zapatitos y su vestido rosa con corsé, es decir, no mucho. Miró atrás y vio que la hechicera la estaba persiguiendo.

—¡Cómo corre esta mujer! ¡Ahora sí que tengo problemas!

Intentó correr un poco más rápido, pero sólo consiguió perder los zapatitos y rasgarse el vestido.

—Oh, creo que éste es el momento ideal para que aparezca mi príncipe. Realmente estoy en un apuro importante. ¡Príncipeeeeeee! ¿Estás ahíiiiiiii?

Nadie respondió y nadie apareció para salvarla. La hechicera cada vez estaba más cerca.

—¡Príncipeeee! Por favor…

—¡Estás sola, Rapunzel! ¡Nadie aparecerá milagrosamente para salvarte! —gritó la hechicera muy cerca, y soltó una carcajada muy desagradable.

Apenada, Rapunzel pensó que la malvada mujer tenía razón.

—Parece que no es el momento de que mi príncipe aparezca, tendré que desaparecer yo sola…

Cogió la capa de Caperucita y se la echó por encima. Pidió el deseo y al instante se volvió invisible. La hechicera se detuvo en seco, sorprendida.

—¡¿Dónde te has metido?!

Rapunzel siguió corriendo, procurando no hacer ruido.

—¡Te ordeno que vuelvas a ser visible!

Pero Rapunzel ni se quitó la capa ni se detuvo. Atrás quedó la hechicera, intentando verla en el lado equivocado del bosque.

—¡Rapunzeeeeeeeeeeeeeel!

Rapunzel seguía corriendo, triste, preguntándose cuándo decidiría su príncipe ir a buscarla.

8
Nunca aceptes alimentos de desconocidos

Rapunzel no se atrevió a hacerse visible hasta al cabo de muchas horas. Caminó mirando la brújula fijamente, para no desviarse en ningún momento de su camino hacia el Norte. Se dio algunos topetazos contra árboles que se interponían en su camino, pero no le importó. Cada paso que daba estaba más cerca de su príncipe.

A las dos y siete minutos de la tarde, sintió un hambre atroz, aunque no tenía ni idea de dónde encontrar comida. Vio a una ardilla roer la corteza de un árbol y la imitó, pero le pareció repugnante, astillosa, y casi se rompe un diente.

—¿Y ahora qué voy a hacer?

Entre los árboles, a lo lejos, le pareció divisar una casita. Corrió hacia ella, y cuál fue su sorpresa al descubrir la parte trasera de una cabaña muy bajita, con siete puertecitas, siete ventanas y siete chimeneas. Llamó a una de las puertas, pero nadie respondió.

—Espero que no les importe que entre...

La cabaña por dentro era espaciosa. Estaba amueblada con una mesa y siete sillas bajitas, siete camitas, siete armarios, siete pares de zapatillas, siete cocinas, siete retretes, siete pilas, siete pastillas de jabón, un cepillo de dientes...

—¡Oh, qué asco!

En la otra punta de la cabaña había siete puertas delanteras, una de las cuales estaba abierta. Fuera había una joven de piel muy blanca a punto de comerse una manzana que le ofrecía una vieja encorvada. A Rapunzel le dio muy mala espina. Tenía la misma nariz que la hechicera y eso era una clara señal de ser mala persona.

—¡Detente! —gritó.

La joven y la vieja la miraron sorprendidas.

—Mi nombre es Blancanieves. ¿Quién eres tú, qué haces aquí y cómo has entrado? —preguntó la joven.

—Me llamo Rapunzel, me he escapado de la torre donde me habían encerrado y estoy buscando a mi príncipe. ¿Sabes si es cierto que los príncipes vienen del Norte? Ah, y he entrado por la puerta de atrás.

—¡No puedes hacer eso!

—Tienes razón, no debería haber entrado por la puerta trasera. Disculpa.

—¡No me refiero a eso! ¡No puedes escaparte y buscar a tu príncipe tú sola!

—¿Por qué no? —preguntó, aunque imaginaba cuál sería la respuesta.

—¡Lo pone en los cuentos: son ellos quienes nos salvan a nosotras!

—Pero yo sigo siendo una damisela en apuros: una hechicera me persigue. ¿Y qué más da si mi príncipe me rescata en la torre, en medio del bosque o delante de su castillo? Además, ya he estado en más de un apuro y nadie ha venido a rescatarme…

—Pero los cuentos…

Blancanieves se calló y parpadeó tres veces.

—No puedes hacerlo. Lo pone en los cuentos y ya está —sentenció.

—Querida Blancanieves, ¿no te apetece la jugosa manzana? Come, come —interrumpió la vieja de aspecto sospechoso.

—Claro que sí, amable señora —dijo Blancanieves, llevándose la manzana a la boca.

—¡Espera! —gritó Rapunzel.

—¿Otra vez? —preguntó la vieja con cara de malas pulgas.

—¿Conoces a esta mujer?

—La verdad es que no —admitió Blancanieves.

—¿No te han enseñado que no debes comer nada que te ofrezca un desconocido? — la reprendió Rapunzel.

—Pues no.

—Pues ya te lo enseño yo. ¿Y si tiene malas intenciones?

—Oye, bonita —intervino la vieja—, ¿por qué no te metes en tus asuntos?

—No te preocupes, Rapunzel. Si voy a tener problemas ya aparecerá algún príncipe que me salve.

Blancanieves se dispuso a comerse la manzana. La última vez que Rapunzel había escuchado este comentario nadie había aparecido para salvarlas a ella y a Caperucita. Esperó hasta el último momento, pero como no apareció ningún príncipe, quitó la manzana a Blancanieves.

—¡Oye!

—¡Tú! —gritó la vieja, furiosa—. ¡Devuélvele la manzana ahora mismo!

—No —dijo Rapunzel.

—¡Dásela!

—Que no.

—¡Que se la des!

—He dicho que no —Rapunzel ya empezaba a impacientarse, tenía hambre y tenía que seguir buscando a su príncipe.

—¡Te vas a enterar!

La vieja empezó a perseguir a Rapunzel con su bastón en alto.

—¡Dámela, dámela, dámela!

—¡No, no, no!

A pesar de cojear como un gato con dos patas y media, la vieja tuvo fuerzas para perseguirla por el interior de la casa, por el bosque e incluso subirse a un árbol. Estuvieron tanto rato corriendo arriba y abajo que Blancanieves se sentó a tomar el sol.

—¡Ya estoy harta! —exclamó Rapunzel, enfadada—. Haremos una cosa: prueba tú la manzana primero, anciana.

—Ah, no, no. Es sólo para Blancanieves.

—Sólo un bocado.

—Que no, que no, que me sienta mal.

—¡Me da igual, he dicho que la pruebes! —exigió Rapunzel.

Intentó empotrarle la manzana en la boca, pero la vieja salió corriendo.

—¡Pruébala, pruébala, pruébala!

—¡No, no, no!

Un topo despistado salió de bajo tierra, Rapunzel le pisó la cabeza, se torció el tobillo y cayó al suelo cuan larga era. La manzana se le escapó de la mano y voló hasta los pies de Blancanieves. Las tres mujeres observaron cómo un escarabajo pelotero se acercaba a la manzana, comía un bocado y, siete milésimas de segundo después, se desplomaba patas arriba.

Rapunzel fulminó a la vieja con la mirada. Blancanieves la miró consternada.

—¡Me he quedado con tu cara! —gritó la vieja a Rapunzel—. ¡Me vengaré!

Y desapareció entre los árboles.

—Madre mía, ¡me ha salvado una mujer! —exclamó Blancanieves.

Y se desmayó.

9
Rapunzel, la vieja y la escoba voladora

Rapunzel todavía estaba abanicando a Blancanieves cuando aparecieron siete enanitos cargados con picos y palas.

—¿Qué le ha pasado a Blancanieves? —preguntó uno de ellos.

—Una mujer ha intentado envenenarla.

—¿Y quién la ha salvado?

—Yo.

—¿Tú? —los enanitos la miraron, incrédulos.

Rapunzel también estaba confusa. Nunca se habría imaginado que podía hacer estas cosas.

—¿Tú también buscas refugio? —preguntó un enano que tenía cara de estar siempre de mal humor—. Espero que al menos sepas cocinar, porque Blancanieves no sabe y cada día, después de comer, tengo muchos retortijones.

—Ni busco refugio ni sé cocinar. De hecho, yo ya me iba —contestó Rapunzel, molesta—. No me gustaría quedarme en una casa donde siete personas comparten el cepillo de dientes.

—¿Compartir el cepillo de dientes? ¡Qué cochinada! —respondió el enano Gruñón, ofendido—. Aquí el único que se lava los dientes es Mudito. Los demás simplemente no nos los lavamos.

—¡Ja, ja, ja!

Rapunzel miró a los enanitos. Ninguno había abierto la boca, pero alguien se había reído. De repente, del cielo llovieron siete manzanas que impactaron contra las cabezas de los enanos, que cayeron desmayados.

—¡Ja, ja, ja! ¿Os gustan mis manzanas del Sueño Eterno?

Rapunzel miró hacia arriba y descubrió a la vieja montada en una escoba voladora.

—¡Te vas a enterar, niña! ¡Te dejaré caer dentro de un volcán!

Se lanzó contra Rapunzel, la agarró del cabello y la subió por los aires.

—¡Qué manía tiene todo el mundo en tirarme del pelo! —se quejó Rapunzel.

La vieja se lanzó como un rayo hacia los

cielos. Rapunzel no quería que la dejaran caer dentro de ningún volcán, así que se agarró a lo primero que encontró: la gruesa rama de un roble centenario. Se sujetó tan fuerte y llevaban tanto impulso que Rapunzel, la vieja y la escoba empezaron a dar vueltas alrededor de la rama.

Una vuelta.

—¡Ay, mi pelo!

—¡Oooh!

Dos vueltas.

—¡Qué dolor! ¿Podrías soltarme, por favor?

—¡Suéltate tú! ¡Ooooooh!

Tres vueltas.

—¡No quiero quedarme calva!

—¡Ooooooh! ¡Qué mareoooo!

Cuatro vueltas. Cinco vueltas. Seis vueltas. Siete vueltas. Blancanieves y los enanos despertaron y sólo de verlas se marearon ellos también. Ocho vueltas. Nueve vueltas. ¡Cada vez iban más rápido!

—¡Aaaaaah!

—¡Oooooooh!

¡Dieciséis vueltas y la rama empezaba a echar humo! Dos enanos se desmayaron.

Finalmente, la vieja soltó el cabello de Rapunzel y salió disparada. ¡Fiuuu! ¡Fiuuuuuuuuuuu!

Minutos después desapareció en el horizonte.

—Ésa no vuelve. Por lo menos llegará hasta China.

Rapunzel todavía dio algunas vueltas más y se cayó al suelo, entre unos rosales. Cuando se levantó dando tumbos por el mareo, llevaba una rosa roja en el pelo y la cara llena de espinas.

—¡Se ha salvado a sí misma! —murmuró Blancanieves.

Y volvió a desmayarse.

—Sí, me he salvado a mí misma, ¡y no entiendo nada! —gritó Rapunzel, furiosa—. ¡Soy una damisela! ¡Se supone que estoy indefensa, que soy débil, soy paciente y siempre soy amable! ¡Y sin embargo, en un solo día me he defendido varias veces yo solita! ¡He tenido fuerza suficiente como para resistir el ataque de la vieja! ¡Y en seguida me impaciento y tengo muy mal genio!

—De eso nos hemos dado cuenta —apuntó un enano.

—¡Cállate!

El enano corrió a refugiarse en el interior de la casa, asustado, pero Rapunzel había empezado a llorar.

—¿Significa esto que los cuentos mentían?

Nadie supo darle una respuesta. Blancanieves había despertado, y la abrazó para consolarla.

—Rapunzel, yo estoy tan desconcertada como tú, pero de una cosa sí estoy segura: me has salvado la vida y te estoy muy agradecida. No sé dónde puedes encontrar a tu príncipe, pero tengo una amiga, Cenicienta, que encontró al suyo. ¿Por qué no vas a visitarla? Quizá ellos puedan ayudarte. Sólo tienes que seguir ese sendero hacia el Este. Su castillo no está muy lejos.

Blancanieves no tenía ningún regalo que hacerle como muestra de agradecimiento, así que le entregó algunas manzanas envenenadas de la vieja. Quizá le serían útiles en su viaje.

—Yo también me quedaré un par, por si acaso —le susurró.

También le dio un petate con algunas provisiones.

—Gracias, Blancanieves.

Antes de proseguir su viaje, Rapunzel se puso cómoda: se quitó el corsé y se acortó la falda del vestido, para que no se le enganchara en los arbustos. El enano Mudito, al ver que iba descalza y que tenía los pies pequeños, le regaló sus botas de minero.

—Gracias, Mudito.

Y más confusa que nunca, porque ya no sabía si podía creer en los cuentos, Rapunzel prosiguió su camino.

10
¡Qué buena puntería!

Rapunzel caminó por el sendero, cabizbaja. Si los cuentos mentían sobre cómo son las damiselas, ¿también mentían sobre los príncipes? ¡Pero ella necesitaba a su príncipe para librarse de la hechicera!

—¿Qué va a ser de mí? —suspiró.

—Que regresarás a la torre conmigo, donde pasarás el resto de tus días encerrada y encadenada a una silla. ¡Y cada día cantarás para mí, incluso cuando ya no tengas dientes!

Ahí estaba la hechicera de nuevo. Esta

vez llevaba puestas unas gafas enormes y extrañas, que pesaban tanto que la cabeza se le caía hacia delante.

Rapunzel volvió a suspirar. Decidió esperar hasta el último momento para ver si aparecía su príncipe, aunque no albergaba muchas esperanzas.

—¡Ven aquí! —gritó la hechicera mientras se lanzaba al galope hacia ella.

—Príncipe a la una… —contó Rapunzel—. Príncipe a las dos…

Una mosca le entró a la hechicera por la nariz y la hizo estornudar, pero no apareció nadie ni nada parecido a un príncipe salvador.

—Príncipe a las tres.

Rapunzel se puso la capa de Caperucita y desapareció. La hechicera se rió a gusto y con ganas.

—¿Para qué crees que son estas gafas,

Rapunzel? ¡Con ellas puedo verte aunque seas invisible!

—¡Oh, esto sí que es un problemón!

Rapunzel echó a correr, con la hechicera pisándole los talones. Gracias a sus nuevas botas era más veloz, pero parecía que la hechicera llevara un cohete incorporado en el trasero.

—¿Ahora qué hago?

—¡Ríndete!

—¡No me da la gana!

Desesperada, sólo se le ocurrió una idea: cogió una de las manzanas de la vieja y la lanzó con fuerza a la frente de la hechicera.

¡POM!, se escuchó, y la hechicera cayó redonda al suelo.

Rapunzel corrió y corrió, y no paró hasta llegar al castillo de Cenicienta.

11
Es mejor compartir tareas

Rapunzel se apresuró a entrar en el castillo de Cenicienta. Tenía que darse prisa, porque sabía que la hechicera no tardaría en encontrarla de nuevo.

A pesar de eso, tuvo tiempo de fijarse en que las paredes del castillo eran de color morado, los postigos de las ventanas de color fucsia y que estaba rodeado de grandes rosales de rosas rojas.

—Nunca había pensado que yo diría algo así, pero ¡qué castillo más cursi!

Miró su vestido rosa repleto de volantes y puntillas. Lo había cosido ella misma en la torre, siguiendo los dibujos de los cuentos.

—Supongo que no soy la más indicada para criticar. Mi vestido también es muy cursi.

Entró apresuradamente por la puerta abierta del castillo. Para su sorpresa, descubrió que parecía desierto. Recorrió la entrada, largos pasillos, habitaciones de invitados y la cocina sin encontrar a nadie. Sólo encontró a una sirvienta que fregaba el suelo del comedor con cara de rabia y lágrimas en las mejillas.

—Disculpa, estoy buscando a Cenicienta. ¿Sabes dónde puedo encontrarla?

—Aunque parezca mentira, yo soy Cenicienta —respondió la chica, enfadada.

—Vaya, tu amiga Blancanieves me dijo que habías encontrado a tu príncipe, ¿por qué estás fregando suelos?

—El reino entró en una crisis económica y tuvimos que despedir a todos los criados. El castillo se tiene que limpiar, ¡y yo soy la única mujer de la familia!

Cenicienta se puso a llorar.

—¡Oh, pobre de mí, y yo que estaba tan contenta porque por fin había encontrado a mi príncipe! ¡Mi madrastra y mis hermanastras deben de haber explotado de tanto reírse!

Cenicienta lloró un rato más.

—Por cierto, ¿quién eres tú?

—Me llamo Rapunzel. Me he escapado de la torre donde me había encerrado una hechicera y estoy buscando a mi príncipe para que me ayude a librarme de ella.

—¡No puedes hacer eso!

—Ya vale con ese comentario, ¿no?

—¡Soy una pobre desgraciada! ¡Sigo fregando suelos después de casarme con mi príncipe y mi amiga Blancanieves me envía a una loca!

—No estoy loca.

—No, claro, si tú lo dices.

—Que no estoy loca.

—No soy yo quien va a llevarte la contraria.

A Rapunzel le apetecía tirar a Cenicienta por la ventana, pero como tenía prisa contó hasta diez e intentó sonreír.

—Verás, tenía la esperanza de que tú o tu príncipe pudierais ayudarme a encontrar al mío. ¿Sabes si vienen de algún sitio especial?

—No tengo ni idea.

—¿Podríamos preguntarle a tu príncipe?

Cenicienta empezó a lloriquear otra vez.

—¿Y ahora qué te pasa? —Rapunzel nunca había visto llorar tanto a nadie.

¡Cenicienta ya tenía el vestido empapado y un charco de lágrimas a su alrededor!

—Mi príncipe y mi suegro se fueron a cazar, ¡pero están tardando tanto que ya casi no me queda comida! ¡Moriré de hambre!

La noticia de que el príncipe no estaba en el castillo fue un golpe muy duro para Rapunzel. ¿Ahora qué iba a hacer? Podía seguir caminando hacia el Norte, pero la hechicera le pisaba los talones. ¡Necesitaba a su príncipe!

—¡Buaaaaaaaa! —seguía lloriqueando Cenicienta.

Rapunzel sintió un poco de pena por ella.

—Seguro que conseguiremos algo de comida. ¿Dónde guardáis los arcos y las flechas?

—En la armería. Segundo piso, cuarta puerta a mano izquierda. ¿Para qué?

—Vamos a cazar —contestó Rapunzel, muy convencida.

Agarró a Cenicienta y la arrastró tras de sí.

—¿Sabes cazar? —preguntó Cenicienta, sorprendida.

—No.

—¡Claro que no, es cosa de hombres! —exclamó Cenicienta, escandalizada.

—¿Sabes qué? Últimamente he descubierto que soy capaz de hacer más cosas de las que creía.

—Pero..., pero..., pero..., pero...

Cuando Cenicienta acabó de decir el cuarto «pero», Rapunzel ya había cogido un arco y varias flechas y la había arrastrado hasta el bosque.

—Primero, será mejor que practique un poco.

Lanzó una flecha, que subió hacia arriba, después cayó en picado y se clavó en el suelo, a siete milímetros del pie derecho de Cenicienta.

—Ay, ay, ay… —un lagrimón recorrió su mejilla—. Creo que prefiero morir de hambre.

Rapunzel consiguió disparar la segunda flecha en horizontal, pero con tan poca fuerza que sólo recorrió un metro.

—Esto es una pérdida de tiempo…

Rapunzel fulminó a Cenicienta con la mirada y disparó la tercera flecha, que golpeó el árbol más cercano y cayó al suelo.

—Te lo he dicho…

Rapunzel imaginó que el árbol era la cara de Cenicienta y la cuarta flecha se clavó tan fuerte que casi lo atravesó.

—¡Oh!

—Bien, es hora de cazar.

Imaginando que sus presas eran Cenicientas en miniatura, en poco rato Rapunzel cazó varios conejos y un jabalí de doscientos kilos.

—¡Oh! —repitió Cenicienta, y sin embargo, esta vez parecía maravillada.

—Ya tienes comida para unas cuantas semanas.

—¡Gracias! ¿Crees…, tú crees que yo también podría aprender? —preguntó Cenicienta, temblorosa.

—Claro que sí. De hecho, ¿por qué no vas a cazar con tu marido y tu suegro, y que después ellos te ayuden a limpiar?

—Esto es... ¡fantástico! —gritó Cenicienta antes de ponerse a llorar a moco tendido de la emoción.

Mientras Cenicienta vertía cubos y cubos de lágrimas, regresaron rápido al castillo. Rapunzel tenía que seguir su camino o la hechicera la encontraría.

Pero ya era demasiado tarde. Nada más cruzar la puerta, la escucharon gritar:

—¡Niñata!

12
El fin de la esperanza

—¡Estoy perdida! —se lamentó Rapunzel.

La hechicera, con las gafas enormes y un casco puestos, se acercaba corriendo como una leona a punto de atacar.

—¿Quién es ésa? —preguntó Cenicienta, horrorizada.

—Es la hechicera, no consigo librarme de ella.

—¡Qué miedo da!

—¡Te voy a cortar las manos y las piernas, Rapunzel! —gritó la hechicera.

—Oh, tienes problemas muy serios —dijo Cenicienta, llorando de espanto.

—¿De verdad? No me había dado cuenta.

—No te lo tomes mal, mujer, es que no estoy acostumbrada a estas cosas. Ven conmigo, ¡creo que puedo ayudarte!

Cerraron la puerta del castillo y corrieron a través de varios pasillos. Detrás de ellas escucharon cómo la hechicera hacía añicos la puerta de un solo golpe.

Subieron uno, dos, tres, cuatro, ¡cinco pisos! Cuando llegaron arriba, casi no podían respirar. Atemorizadas, escucharon que la hechicera subía velozmente, sin signos de cansancio. ¡Y ya iba por el tercer piso!

—¡Ven por aquí! Ahora sí que no podrá encontrarnos.

Rapunzel siguió a Cenicienta hasta la habitación del rey, donde había un busto del monarca. Cenicienta le metió los dedos en los ojos y, detrás de un tapiz, se abrió un pasadizo secreto en la pared. Entraron y la puerta se cerró detrás de ellas.

Corrieron unos metros completamente a oscuras, hasta que de repente el pasadizo se convirtió en un tobogán que tenía forma de caracol. Como no lo habían visto, cayeron por él dando tumbos y volteretas.

—¡Ay! ¡Huy! ¡Quítame el pie del ojo! —exigió Cenicienta.

—¡Y zú el fuño ze la foca!

Lo que Rapunzel intentaba decir era: «Y tú el puño de la boca». Pero claro, a Cenicienta le costaba un poco comprenderla.

—¡¿Dónde hay una foca?!

—¡Que zienez zu fuño eñ mi foca!

—Sinceramente, creo que te confundes. Es imposible que haya una foca por aquí.

Rapunzel mordió a Cenicienta con ganas.

—¡Ay, algo me ha mordido! ¿Habrá sido la foca?

Por fin quitó el puño de la boca de Rapunzel.

—¡Gracias!

El tobogán se acabó y cayeron encima de un montón de paja. Estaban en el establo.

—Coge este caballo, Rapunzel —le indicó Cenicienta—. Es el más veloz que tenemos. Pero ten en cuenta que lo encantó mi hada madrina: entre las doce de la noche y las ocho de la mañana vuelve a transformarse en ratón.

—Muchas gracias, Cenicienta. Lo enviaré de vuelta. Pero yo no vendré, eres tan llorica que no puedo soportarte.

—Me parece bien, Rapunzel, a mí me pone enferma tu mal genio.

Se abrazaron, Rapunzel montó en el corcel y salió al galope.

Unos minutos después, la hechicera apareció en el establo.

—¿Dónde está? —preguntó hecha una fiera.

—Ya se ha ido —contestó Cenicienta.

La hechicera le propinó tal bofetón que la lanzó contra la pared.

—¡Por ayudarla!

Cenicienta se quedó allí dos días enteros, llorando como una Magdalena. El tercero se levantó y se secó las lágrimas:

—Rapunzel tiene razón, tengo que dejar de llorar tanto. A veces me canso de mí misma.

Y se fue a practicar con el arco y las flechas.

En el bosque, Rapunzel miraba hacia atrás cada dos por tres. La decimocuarta vez descubrió a la hechicera acercándose. La pobre chica no se lo podía creer: ¡corría casi tanto como el caballo!

Corrieron a través del bosque durante horas. Cada vez que Rapunzel miraba hacia atrás, ahí estaba la hechicera, fresca como una rosa.

—¿No se cansa nunca esta mujer? —se preguntó, desesperada.

El cielo se oscureció. Pasaron tres horas más. Entonces se escuchó el sonido de unas campanadas de algún pueblo cercano.

—¡Es medianoche!

¡PUFFF! El caballo se convirtió en un ratón y Rapunzel cayó al suelo dando tumbos.

—¡Te pillé! —gritó la hechicera triunfal.

La agarró, se la cargó al hombro como si fuera un saco de patatas e inició el camino de regreso a la torre.

—¡NOOOOOOOOOOOOOOOOO!

13
No quiero regresar

—¡No! ¡No! ¡No! ¡No, no, no! ¡No, no, no, no, no, no, nooooo!

Rapunzel gritó, se revolvió, arañó y mordió el trasero a la hechicera, pero no sirvió de nada. La tenía bien sujeta y nada de lo que hacía parecía hacerle daño.

Agotada, frustrada, triste y decepcionada, Rapunzel rompió a llorar desconsoladamente. Ya no creía en los cuentos. Mentían acerca de las damiselas y mentían acerca de los príncipes. Nadie la salvaría de la hechicera. Tendría que pasar el resto de sus días en esa torre, cantando para esa mala mujer.

—¡No, no, no, no, no, no, no, no!

Volvió a gritar, a revolverse, a arañar y a morder, pero sólo consiguió que se le rompiera un diente y que la hechicera le propinara una sonora colleja.

—Estate quietecita.

—¡No es justo!

—Es cierto, la vida es injusta.

Rapunzel había salvado a Caperucita y a la abuelita, había salvado a Blancanieves, había ayudado a Cenicienta, ¿por qué nadie la socorría a ella?

La hechicera tropezó con un jabalí que dormía la siesta, dio un traspié y Rapunzel casi se golpeó la cabeza contra el tronco de un árbol.

—Hechicera, si no sabes mirar por dónde vas, deja que camine por mí misma.

—Sigue soñando.

En ese instante Rapunzel se dio cuenta de que, siempre que había ayudado a Caperucita, Blancanieves y Cenicienta, también se había salvado a sí misma. ¿Por qué no podía salvarse de la hechicera ella sola?

Sin embargo, ¿cómo? Había huido corriendo, pero la hechicera era más rápida. Había intentado zafarse, pero era demasiado fuerte. La había arañado y mordido, pero parecía tener la piel de piedra. Sólo había conseguido dejarla fuera de combate con un golpe de manzana en la frente, pero ahora llevaba puesto el casco protector.

Tendría que probar nuevas técnicas.

El primer intento fue gritar a pleno pulmón:

—¡SOCORROOOOOOOOOO! ¡ME HAN SECUESTRADO! ¡QUE ALGUIEN ME AYUDE! ¡ME DA IGUAL SI ES PERSONA O ANIMAL, PERO QUE ALGUIEN ME AYUDE!

La hechicera le propinó otra sonora colleja y nadie acudió a ayudarla.

—Imaginaba que pasaría esto, pero tenía que probarlo.

El segundo intento fue agarrarse con todas sus fuerzas al tronco de un árbol.

—¡Suéltate!

—No.

—¡Que te sueltes!

—Que no.

La hechicera tiró de Rapunzel, que se

sujetó con tanta fuerza al árbol que al final lo arrancaron de cuajo.

—Esto sí que no me lo esperaba —admitió Rapunzel.

El tercer intento consistió en hacer cosquillas a la hechicera, pero era tan insensible que no sintió nada.

Rapunzel siguió probando una táctica tras otra: meterle los dedos en las orejas, tirarle tierra a los ojos, hacerle saltar el casco y golpearla con una rama, arrancarle mechones de cabello, pincharla con espinas de cactus... Pero sólo consiguió ganarse unas cuantas collejas.

Era evidente que, por la fuerza bruta, no iba a ganar. Tenía que buscar otra manera. Tenía que pensar.

—Otra cosa que siempre había creído que no podía hacer. Menuda estupidez.

Rapunzel pensó como no lo había hecho en toda su vida. Si la hechicera hubiera visto el humo que le salía de la cabeza, se habría dado cuenta de que estaba tramando un plan…

14
¡Qué rica manzana!

El camino de regreso duró tres días. Los dos últimos, el comportamiento de Rapunzel fue ejemplar. No mordió a la hechicera, ni le metió los dedos en los ojos, ni intentó golpearla. El último día incluso cantó, lo que puso de muy buen humor a la vieja mujer.

Cuando llegaron a la torre, Rapunzel descubrió que la hechicera había instalado una escalera de cuerda y una puerta de reja en la ventana. Tragó saliva: si su plan no funcionaba, estaba perdida.

La hechicera se sentó unos instantes para descansar, sin soltar a Rapunzel.

—Hechicera, comprendo perfectamente que hayas instalado esa reja en la ventana. Sólo quiero que sepas que ya no hará falta, porque me he dado cuenta de que el único lugar donde estaré segura es en esta torre.

La hechicera propinó una colleja a Rapunzel.

—¿Te crees que soy estúpida, niña? Lo dices para que la quite y así puedas escapar.

Rapunzel no esperaba que la hechicera no la creyera.

—Lo digo en serio.

La hechicera le soltó otro collejón.

—No digas bobadas. A nadie le gusta estar encerrado, y dudo que tú seas una excepción. Cállate de una vez.

A Rapunzel le entraron ganas de llorar. El plan estaba saliendo completamente al revés. Aun así, decidió seguir adelante.

—Pégame lo que quieras, pero ahora sé que no vendrá ningún príncipe a salvarme. Entonces, ¿para qué estar aquí fuera? He tardado en descubrirlo, pero te agradezco que me hayas traído de vuelta. Tenías razón, yo sólo sirvo para cantar.

La hechicera no respondió. Se estaba preguntando si Rapunzel no sería tonta de verdad. Después le dio otra colleja.

—Por si acaso.

—Me parece bien.

—¿Me estás tomando el pelo, niña?

—¿A qué te refieres? —preguntó Rapunzel con la expresión más inocente que supo poner.

La hechicera soltó otra colleja.

—También por si acaso.

—Está bien, pero si sigues así me harás un hueco en la nuca. ¿Quieres que cante para ti? Pareces cansada.

Cantó la canción preferida de la hechicera, que pareció relajarse un poco. Cuando acabó, rebuscó en sus bolsillos.

—Toma, come esto, te sentará bien.

Rapunzel le entregó una manzana de Blancanieves.

—Gracias —agradeció la hechicera.

Observó la manzana.

—Qué bonita es. Tiene una forma perfecta. ¡Y qué rojo tan precioso!

—¿Verdad que sí? Es para que todavía te apetezca más comerla.

La hechicera se acercó la manzana a la boca, pero justo antes de morderla se detuvo.

—¡Qué bien huele!

—Es para que cuando se combinen el olor y el sabor de la fruta, sea una experiencia perfecta.

—Qué tacto, qué piel tan suave.

—Es para que no te dañes las encías al morder.

—Y no está ni demasiado fría ni demasiado caliente. Su temperatura es perfecta.

Rapunzel estaba a punto de estallar de la impaciencia.

—Si quieres puedes ponerle un termómetro, pero ¿por qué no la pruebas? Seguro que estará deliciosa.

Finalmente, la hechicera se llevó la manzana a la boca..., pero se detuvo en el último momento.

—¿Dónde la has encontrado?

—Eh... En medio del bosque hay siete manzanos enanos. La cogí de uno de ellos.

—¿Y unos árboles enanos dan manzanas tan grandes?

—Qué curioso, ¿verdad? —Rapunzel empezaba a sudar.

—¿Sabrías encontrar ese árbol otra vez?

—Síiii, claaaaro. Es el único de los siete que sólo da frutos a medianoche.

—Si te portas bien, un día iremos juntas a buscar más manzanas.

Rapunzel intentó sonreír.

—¡Qué ilusión!

Por fin, la hechicera dio un mordisco a la manzana. Y lo masticó. Exclamó:

—¡Caramba, qué rica está!

Dio otro bocado.

Todas las esperanzas de Rapunzel se vinieron abajo. Esa mujer era tan resistente que ni siquiera una manzana envenenada la afectaba. Iba comiendo bocados y masticando, mientras no paraba de maravillarse de lo buena que estaba la fruta. Incluso se comió las pepitas.

—¿Por qué no cantas un poco más? —pidió a Rapunzel.

Rapunzel empezó a llorar. ¡Iba a ser una prisionera el resto de su vida!

La hechicera soltó un eructo que parecía un trueno y que olía a rayos. Después, se puso azul. Un segundo y tres milésimas más tarde, cerró los ojos. Poco a poco, muy lentamente, cayó al suelo, profundamente dormida.

Rapunzel la observó, todavía no se lo podía creer. Pero, al final, se lo creyó.

—¡SOY LIBRE!

15
Libre

Rapunzel correteó, cantó y bailó por el bosque toda la noche.

—¡Soy libre! ¡Soy libre! ¡Soy libre! ¡Soy libre! ¡Y lo he hecho sola! ¡Ningún príncipe de pacotilla me ha ayudado! ¡Soy un hacha!

Se sentía a punto de explotar de felicidad.

Como no dejaba dormir a nadie, la familia de gorriones y el resto de los animales de la zona se unieron a la fiesta.

Hicieron tanto ruido que consiguieron que, ese día, el sol saliera un poco antes.

Rapunzel cantó una última canción. Era tan feliz que los árboles bailaron, la tierra tembló y la torre que había sido su cárcel se derrumbó.

Observó a la hechicera, condenada a dormir un sueño eterno.

—Hechicera, si algún día despiertas, ni se te ocurra venir a buscarme.

Rapunzel suspiró.

—Bueno, ¿y ahora qué?

Recordó que siempre había creído que, una vez liberada de la torre, viviría en un castillo con su príncipe. Ahora que estaba libre, no tenía ni castillo ni príncipe. Se encogió de hombros, despreocupada.

—Creo que iniciaré un viaje para ver mundo, ¡será divertido! Y si un día en-

cuentro a mi príncipe, bien; y si no, también —concluyó feliz.

Empezó a alejarse. Atrás quedaron la torre y la hechicera durmiente, que roncaba sonoramente.

La familia de gorriones observó a Rapunzel hasta que desapareció en el horizonte.

—¡Buena suerte, Rapunzel! —deseó mamá gorrión.

Claro que Rapunzel sólo entendió:

—¡Pío, pío, pío, pío!

Autora:

Amèlia Mora nació en Barcelona en 1980. Unos cuantos años después se licenció en Comunicación Audiovisual en la Universidad Pompeu Fabra (Barcelona). Posteriormente se especializó en la escritura de guiones cinematográficos y televisivos y en Desarrollo Audiovisual. Después de colaborar como analista externa de guiones y novelas con la productora audiovisual Filmax, pasó a formar parte del Departamento de Contenidos de dicha productora como ejecutiva de desarrollo. En este departamento asesora la escritura de guiones de películas y series televisivas. Paralelamente a su actividad, escribe guiones cinematográficos. *Y Rapunzel se cortó la melena* es su primera novela infantil.

Ilustradora:

Sara Ruano nació en Valencia, donde ha vivido la mayor parte de su vida y donde continúa viviendo su familia. Allí estudió Bellas Artes. Ahora vive en Edimburgo, una bonita ciudad de Escocia, Reino Unido. Normalmente llueve bastante y suele hacer frío, pero a Sara le parece perfecto porque así pasa la mayor parte del tiempo en casa dibujando y pintando, que es lo que más le gusta hacer desde que tiene memoria..., y siempre junto a una taza de té caliente.

TUCÁN NARANJA